COLLECTION FOLIO

Philippe Delerm

Mister Mouse

ou

La métaphysique du terrier

Gallimard

Philippe Delerm est né le 27 novembre 1950 à Auvers-sur-Oise. Ses parents étaient instituteurs et il a passé son enfance dans des « maisons d'école » à Auvers, à Louveciennes, à Saint-Germain.

Après des études de lettres, il enseigne en Normandie où il vit depuis 1975. Il a reçu le prix Alain-Fournier 1990 pour *Autumn* (Folio n° 3166) le prix Grandgousier 1997 pour *La première gorgée de bière et autres plaisirs minuscules*, le prix des Libraires 1997 et le prix national des Bibliothécaires 1997 pour *Sundborn ou les jours de lumière* (Folio n° 3041).

A Alain Gerboise

I

Où l'on voit que la détérioration du patrimoine mobilier n'est qu'une perversion de l'alchimie du plaisir.

— Il faudra quand même songer à changer ce fauteuil !

Mr. Mouse sait très bien pourquoi Mrs. Mouse a dit cela. C'est à cause de ce geste. Il ne peut s'en empêcher. Chaque fois qu'il s'assoit dans le vieux fauteuil aux courbes moelleuses, Mr. Mouse contemple d'abord les flammes de la cheminée dans une parfaite immobilité. Mais bientôt, négligemment, sa patte droite va chercher sur l'accoudoir cette déchirure du tissu rose et quelques brins de paille ébouriffés. Comment lutter contre cette insidieuse volupté ? En plongeant dans la paille rêche, en aggravant la meurtrissure du velours, Mr. Mouse ne cherche pas l'apaisement d'une démangeaison. C'est beaucoup plus sérieux, et plus irrépressible encore : en engouffrant sa patte dans le bras du fauteuil, Mr. Mouse atteint le sommet du bien-être, le point fragile où la sensation de plaisir physique devient si pure, si aiguë qu'elle se marie à la satisfaction sereine du bonheur.

Mr. Mouse n'est pas pressé de changer de fauteuil. D'abord, il le sait bien, il faudra des années pour qu'un nouveau fauteuil abandonne son maintien gourmé, sa raideur indigeste, s'apprivoise au décor du terrier. Aux solives du plafond, sur des ficelles, sont accrochés des pommes, des mûres, des champignons qui sèchent tout l'hiver. Sur la terre battue du sol, un tapis tellement usé que les franges s'effilochent, que les couleurs des motifs géométriques s'effacent sous le plaisir trop souvent renouvelé de caresser l'épaisseur de la laine avec les pattes. Comment imaginer l'arrogance d'un fauteuil neuf au milieu de tout cela ? On n'osera jamais coiffer le dossier d'un nouveau fauteuil avec l'appuie-tête de coton blanc brodé d'une jolie cerise. Et puis, surtout, Mr. Mouse sait bien que son geste n'est pas innocent. Quand il détruit imperceptiblement son vieux fauteuil en abîmant la paille du bourrage, en déchirant le tissu un peu plus chaque fois, Mr. Mouse sait qu'il obéit à une incontrôlable pulsion, un petit raffinement pervers de son univers sage : il faut brutaliser le bon pour être mieux, il faut précipiter la fin des choses avant que leur saveur ne vous échappe. Vous l'auriez deviné, Mr. Mouse est philosophe. Pas du tout stoïcien, mais pas complètement épicurien non plus. Mr. Mouse est lui-même, et, croyez-moi, ce n'est pas rien de se laisser aller vers soi dans un très vieux fauteuil aux vagues usées de douceur déferlante.

II

Où l'on découvre que la dégustation de la bière peut être sublimée et élevée au rang de la recherche esthétique.

Mr. Mouse aime la bière, c'est là son moindre défaut. Il ne dédaigne pas les blondes, pour peu qu'elles ne soient pas trop amères. Il supporte les brunes, quand elles ne sont pas trop corsées. Mais ses amours ce sont les rousses, dont les reflets lui rappellent peut-être certains recoins soyeux du corps de Mrs. Mouse.

Mr. Mouse ne boit pas pour boire, à peine pour se désaltérer. Prendre une bière est pour lui un rite. Il s'y adonne tout entier, indifférent au reste de l'univers. Il faut d'abord choisir le verre à bière. Mr. Mouse en possède toute une collection : ventrus ou évasés, rangés sur une étagère du vaisselier, tous sont gravés au nom d'une marque. Mr. Mouse ne saurait consommer une bière sans la consommer dans *son* verre. Si les miroirs-sorcières des tableaux de Van Eyck reflètent leur propre sujet, la composition en abyme de Mr. Mouse n'est pas moins raffinée. Contenant et contenu se répondent dans une subtile dialectique : il boit le nom, l'idée, autant que la réalité mouvante du liquide.

D'ailleurs il ne boit pas, ou si peu. Calé au creux de son fauteuil, il regarde sa bière. Les flammes de la cheminée traversent en un éclair l'océan de lave rousse. Mr. Mouse incline le verre doucement. Les poils de sa moustache affleurent la mousse tiède. Mais il est bien trop tôt pour déguster. Mr. Mouse relève la tête, éloigne le verre, le contemple avec une coquetterie d'esthète. Mortimer a mal choisi son moment pour demander qu'on lui lise une histoire. Mr. Mouse, d'ordinaire, aime tant l'installer sur ses genoux, s'embarquer avec lui dans une aventure de corsaires. Mais quand Mr. Mouse prend sa bière, il n'a plus envie de naviguer — c'est encore bien meilleur de s'embarquer dans la mer vénitienne de douceur amère.

La bière fait grossir, hélas ! Mr. Mouse se sent un peu coupable, juste un peu. Bien sûr, Mrs. Mouse lui dit qu'elle ne déteste pas cette rondeur très douce qui gonfle son gilet à carreaux. Mais Mr. Mouse veut rester présentable. Alors, les jours à bière, il travaille plus que de coutume, cueille des monceaux de baies de sureau, s'étourdit d'activité fébrile. Sisyphe ne roulera jamais sa pierre avec l'ardeur qui enflamme Mr. Mouse ces jours-là — Sisyphe n'a pas de soirée à bière en prévision.

Boire n'est rien. C'est mériter de boire qui fait l'alchimie de cet instant de roux délice. Mr. Mouse ne pense plus à rien. L'or chaud lui coule dans la gorge. Il n'y a plus qu'une once de remords au fond de son plaisir.

— La nuit va être froide ! lance Mrs. Mouse.

— Tant mieux, nous serons bien.

III

Où il est prouvé que les habitants des terriers ne nourrissent aucune jalousie à l'égard des amateurs de belvédères.

Mr. et Mrs. Mouse sont invités aujourd'hui. Cela fait si longtemps que les Bigger insistent — ils sont si fiers de leur nouveau terrier. Mr. et Mrs. Bigger ne sont pas des amis : d'agréables relations de cueillette tout au plus. Mais ils ont tant parlé de ce fameux terrier ultra-moderne qu'ils ont fini par aiguiser la curiosité des Mouse. C'est une invitation du dimanche, évidemment, une invitation amidonnée :

— Venez donc l'après-midi. Nous prendrons le thé !

C'est toute une trotte pour aller chez les Bigger, une bien longue promenade pour venir seulement prendre le thé. Peut-être les Bigger n'ont-ils plus beaucoup d'argent, après leurs frais d'installation ? Mrs. Mouse bougonne. Il a fallu quitter la forêt, puis les sentiers bordés de haies. Enfin ils sont arrivés dans un immense potager abandonné. C'est là que les Bigger ont élu domicile. L'environnement n'est pas des plus jolis : quelques salades montées, des arceaux rouillés, beaucoup de terre nue. Mais la moue de Mr. Mouse se mue en un avenant sourire de circonstance : Mrs. Bigger les a guettés, et vient à leur rencontre :

— Vous n'avez pas eu trop de mal à trouver ?

Mr. Bigger la suit à quelques pattées. Après quelques phrases nerveusement chaleureuses, le silence retombe sur le petit groupe. Mr. et Mrs. Bigger ont pris une mine gourmande.

— Où est l'entrée de votre petit nid ?

La question de Mrs. Mouse met les Bigger en joie. Un petit nid ! Une entrée de terrier !

— C'est par ici ! exulte Mr. Bigger — et sa voix vibre d'une humilité ostentatoire.

Éberlués, Mr. et Mrs. Mouse se retournent. Devant eux se dresse une paroi de verre oblique : un ancien châssis pour faire pousser le persil. C'est bien là que les Bigger se sont installés. Le fond du châssis est adossé à un mur de briques ; mais les parois latérales sont en verre, elles aussi. Interdits, Mr. et Mrs. Mouse pénètrent dans ce terrier-belvédère de surface. Un peu en arrière, les Bigger guettent leur réaction.

— Il y avait une infecte odeur de vieux persil, quand nous avons emménagé, mais mon époux a trouvé un système très ingénieux pour aérer !

Mrs. Bigger montre une ficelle attachée à une crémaillère.

— Installez-vous, je vous en prie. Le thé est prêt ! minaude Charlotte Bigger.

Il y a très peu de meubles, pas de paille, pas de velours : de l'acier, du verre. La lumière inonde tout l'espace ; tout est dur et transparent.

— Depuis que nous sommes ici, nous n'éprouvons même plus l'envie de sortir. C'est comme si nous étions toujours à ciel ouvert.

Mr. et Mrs. Mouse échangent un regard furtif.

— Et ma femme est ravie ! reprend Mr. Bigger. Elle peut bronzer même en hiver !

Bronzer ! Ne plus sortir ! C'en est un peu trop pour Mr. et Mrs. Mouse. Ils ne répondent plus que par monosyllabes, et baissent le museau dans leur tasse. Ils trouvent que le sofa de cuir à armature métallique est bien raide, pour des fesses de souris. Quant à la conversation, pas de souci. Les Bigger sont intarissables. Mr. Bigger a installé un four solaire — c'est merveilleux, il n'y a même plus besoin de cheminée !

Soûlés par tout ce bavardage, Mr. et Mrs. Mouse s'échappent au plus tôt, dès que le soleil a fléchi là-bas, au-dessus des peupliers immenses dont l'ombre leur semble effrayante.

Sur le chemin du retour, les Mouse n'ont pas besoin de se parler pour se comprendre. Le mur du potager franchi, ils éclatent d'un rire inextinguible, à en tomber par terre, les pattes en l'air. Quand ils reprennent souffle, Mr. Mouse lance enfin :

— Je crois que mon terrier ne me semblera jamais aussi bon que ce soir ! Il reste du vin chaud ?

— Il reste du vin chaud, approuve Mrs. Mouse en écho.

Et dans la nuit d'hiver, sa voix est aussi douce que la paille et le velours.

IV

Où le féminisme trouve à la fois des raisons d'espérer et des motifs pour poursuivre la lutte.

— Suis-je un macho ? se demande parfois Mr. Mouse.

Un petit sourire involontaire lui vient aux lèvres. Il faut déjà du talent pour se poser la question. Mr. Mouse se pose la question. Pourtant, Mrs. Mouse ne lui fait jamais le moindre reproche à ce sujet. Certes, elle marmonne un peu quand Mr. Mouse rentre tout suant de son footing du dimanche matin, et ne se gêne pas pour lui dire son fait :

— Non, Mr. Jeremy Mouse, vous ne m'éblouissez pas avec vos exploits physiques. Vous êtes bien semblable à vos congénères. Vous n'êtes plus tout jeune, et l'esprit de compétition vous perdra !

Mr. Mouse prend un air piteux, quand on lui dit cela. C'est vrai, il ne peut s'empêcher de rattraper Mr. Bigger quand il l'aperçoit près de la Mare-aux-saules, cent mètres devant lui. Mais

Mr. Bigger est si ridicule, avec sa grosse serviette éponge croisée dans son jogging phosphorescent ! Malgré la petite salle de musculation aménagée dans sa maison-verrière, Mr. Bigger n'a pas le passé sportif de Jeremy Mouse, ancien troisième du tour du Buisson-aux-mûres, il y a... quelques années.

Mr. Mouse sent bien ce que cet amour de la compétition a de ridiculement viril, il n'a nulle envie de quitter les racines du gros chêne à cause d'un arrêt cardiaque, mais c'est plus fort que lui. Oui, si le sport est machiste, Mr. Mouse est macho, il ne peut s'en cacher. Pensif, assis devant les flammes, Mr. Mouse n'a pas de vrai remords. Son examen de conscience — auquel personne ne l'a contraint, notons-le — est des plus honnêtes. D'ailleurs, la pente naturelle de sa nature positive ramène bientôt le sourire sur ses lèvres. Pour faire la vaisselle, pour coucher les enfants, Jeremy Mouse ne s'est jamais fait prier. Tous ne peuvent en dire autant, dans la forêt. Il est vrai qu'il ne sait pas repasser, ni recoudre un bouton, et que, s'il se lance — rarement — dans la pâtisserie, c'est une catastrophe. S'il y réfléchit bien, Mr. Mouse n'a pas par ailleurs de tâche spécifique à revendiquer pour justifier ces carences : tous les jours, Mrs. Mouse fait comme lui la cueillette des prunelles, des baies de sureau, d'églantier — c'est même elle qui a repeint le meuble de cuisine, le mois dernier.

Mais chassons ces détails agaçants. En effet, la réflexion de Mr. Mouse est en train de prendre son envol vers des sommets oxygénés qui n'ont plus rien à voir avec les inquiétudes domestiques. Tout au fond du tréfonds, Mr. Mouse est content de sa vie : c'est donc qu'il est content de lui, c'est donc que tout est juste. Il a, c'est un charme de plus, le mérite de s'interroger. Mais non, Mr. Mouse n'est pas macho — il est heureux.

V

Où l'on apprend qu'on ne fait pas son lit simplement pour se coucher.

Aux quatre coins du lit
Aux quatre coins du lit
Un bouquet de pervenches lonla
Un bouquet de pervenches.

Mr. Mouse aime bien fredonner cette chanson. C'est vrai qu'un lit c'est beau comme un voyage, et qu'on y passe près de la moitié de sa vie. Bien sûr, à l'âge de Mr. Mouse, on n'y a plus de ces convalescences enfantines avec des albums illustrés, des gâteries à l'infini. Mais il y a encore de délicieux moments de plaisir, de tendresse, de tendresse, de plaisir. Il y a cette minute toute chaude où Mrs. Mouse pose sa tête contre l'épaule de Mr. Mouse, après l'amour, et des phrases douces et simples leur viennent : Comme on est bien, Je crois qu'il va neiger demain, Écoute, c'est Jennifer qui parle en rêvant.

Le lit des Mouse est assez haut sur pattes, avec un baldaquin. Certaines commères de la forêt ne se sont pas gênées pour s'en moquer :

— Un baldaquin ! Voyez-vous ça, ils se prennent peut-être pour les châtelains du terrier du Chêne !

Mais non, Mrs. Mouse ne rêvait pas d'une demeure médiévale. Elle voulait un lit à baldaquin pour le plaisir de tirer les rideaux, d'être encore mieux au chaud, au secret, au-dedans. Mr. Mouse a assemblé tant bien que mal un baldaquin rustique avec des planches de noyer. Il en est assez fier — les bricolages de Mr. Mouse sont rares, mais il se sentait très motivé, ce jour-là.

Dans le lit des Mouse on se hisse, on s'engouffre, on s'embarque. Mrs. Mouse aime les draps frais lavés dans la rivière le jour même, séchés sur l'herbe du verger — ils sentent l'herbe, et parfois même un peu la pomme. Mr. Mouse les préfère le deuxième jour — le premier, il les trouve trop rêches. Mais Mr. et Mrs. Mouse, en hiver comme en été, s'accordent pour se couvrir en abondance : sous la couette en patchwork, ils n'oublient pas la couverture rose et gris à carreaux, bien bordée. Il faut du poids sur le corps pour se sentir protégé, abrité. Seul leur museau dépasse et quelques poils de leur moustache. Les dernières braises crépitent là-bas, dans le salon, avec un très léger rougeoiement. Dans la chambre il fait frais, mais c'est bon de sentir l'air froid de la pièce quand tout le corps est blotti sous la couette. Mr. et Mrs. Mouse se parlent à petits coups, puis se taisent pour écouter la respiration paisible du terrier : sommeil d'enfants, craquements espacés du feu, des poutres. Ils n'en finissent pas de se tourner, se retourner, se faire une place et se réchauffer les pattes. Le mieux n'est pas l'ennemi de leur bien.

VI

Où le plaisir physique apparaît tout à coup comme une composante essentielle du bonheur des terriers.

Eh oui, peut-être en fûtes-vous surpris ? Mr. et Mrs. Mouse font l'amour, quelquefois, enfin, assez souvent — quand on aime, on ne compte pas. Cela va sans dire, me répondrez-vous. C'est vrai, cela va très bien, sans dire — sans doute est-ce pour ça que l'on n'en parle pas. Mais les pensées de Mr. Mouse à ce sujet se révèlent contradictoires. Il est très fier de ce croissant chaud dans sa vie qu'il faut nommer du terme ridicule et froid de sexualité. Les sentiments de Mr. Mouse sous ce chapitre restent des plus bourgeois : la meilleure sexualité, c'est par définition celle qui ne se clame pas sur les toits. Cependant, de-ci, de-là, Mr. Mouse aime bien laisser entendre que cela va bien pour lui. Prétention virile ? Non, sincèrement, Mr. Mouse pense qu'il serait utile de ne pas laisser aux extravagantes souris d'Hollywood l'apanage d'exalter les délices du corps.

L'amour de Mr. et Mrs. Mouse leur vient tout doucement et toujours comme par surprise, au fil du jour. Il accompagne déjà la cueillette des mûres, les rites du repas à préparer. C'est une impalpable certitude posée sur les gestes quotidiens, l'odeur des pommes au four, la rousseur de la bière. Pas besoin de mots. Mr. et Mrs. Mouse savent imperceptiblement qu'ils vont s'aimer. Plus tard, dans la nuit du terrier, des gestes parleront : fêlure légère ou harmonie, confiance, humilité : ce sont des gestes importants qu'il ne faut pas rater, sous peine de blessure. Ce sont des gestes qui viendront comme l'amont du jour, chargés d'enfance retrouvée, chargés de la vie même, et d'une vérité secrète.

Secrète, oui. Et cependant... Mr. Mouse pense que ça serait bien de savoir dire cette longue façon d'aimer le jour qui s'épanouit le soir, et lui fait la vie douce. Mais les mots sauraient-ils ? Aura-t-il seulement le talent, le courage d'en parler vraiment à Mortimer, à Jennifer, dans quelque temps ? Combien de temps ? S'aimer, c'est se cacher, bien sûr. Comment faut-il enseigner ce qu'on cache ? Mr. Mouse soupire. Mrs. Mouse est blottie contre son épaule. C'était si bon, ce soir, et les enfants dorment si paisiblement dans la chambre voisine.

— À quoi donc songez-vous, Mr. Jeremy Mouse ?

VII

Où l'on voit que le petit commerce aurait tort de renoncer ; où les magasins généraux en prennent pour leur grade.

La neige est là depuis trois jours. Mortimer et Jeremy l'ont accueillie en battant des pattes. Mr. et Mrs. Mouse n'ont pu s'empêcher de sourire. La campagne est si jolie, tout autour du terrier, avec ces pentes ourlées de blanc, ces courbes douces où dorment les buissons. Mais, aujourd'hui, le vent souffle, et il faut aller jusqu'au village, tout là-bas, bien après la Mare-aux-saules, bien après le champ du père Mac Gregor.

— Non, Emily, je n'irai pas au nouveau Magasin général. Que penserait de moi Mrs. Hamper ?

Mrs. Mouse hausse les épaules.

— Jeremy, vous avez une âme de conseiller municipal. Pourquoi toujours vous occuper de ce que pensent les gens ? Faites ce qui vous plaît, et ce qui est utile.

— Il n'y a pas que cela, Emily. Je ne veux

pas mettre les pieds dans le Magasin général. Ils ont défiguré l'orée du bois, avec cette construction hideuse. D'ailleurs, Mrs. Emily Mouse, je vous soupçonne d'hypocrisie. Vous préférez comme moi la boutique de Mrs. Hamper, mais vous redoutez seulement qu'il m'arrive un accident !

Pour une fois, Mrs. Mouse est à court d'arguments.

— Habillez-vous au moins chaudement, Jeremy !

Par la porte arrondie du terrier, elle regarde tristement son compagnon s'éloigner dans la tourmente.

C'est vrai qu'il y a des congères hautes comme trois souris, dès le premier coude du chemin. Mr. Mouse a noué autour de son museau une écharpe à carreaux rouges et verts. Un petit frisson délicieux lui chatouille le poil. C'est presque l'aventure ! Il se retourne vers le grand chêne, et lève la main dans un salut protecteur rassurant qui ne manque pas d'allure.

Jusqu'à la Mare-aux-saules, entre les deux montagnes blanches des buissons ensevelis, cela va encore, mais, quand le terrain sc découvre, Mr. Mouse manque de défaillir sous la poussée du vent. Non loin de lui, des silhouettes furtives se pressent en tirant des chariots. Cela serait si tentant de faire comme elles et de se rendre au

Magasin général, là, tout près, en bordure du bois ! Au Magasin général, il y a tout, même des matériaux de construction pour les terriers — mais en bois neuf et blanc, tout raide. Même des confitures — mais en gelée, au goût chimique et insipide. Même des fauteuils neufs — mais en faux cuir, quelle horreur ! À la seule pensée d'installer son séant et ses soirées de bière rousse sur le froid lisse du faux cuir, Mr. Mouse frémit. Non, il n'ira pas dans ce cube stupide aux allées parallèles !

Le champ du père Mac Gregor est pourtant bien difficile à traverser. La neige est si épaisse ! Au hasard des sillons, Jeremy Mouse y trébuche et s'allonge de tout son long, se relève, repart, penché comme une petite vieille pour donner moins de prise au vent. Mais voilà le clocher, les rues en rond, le vrai village. Voilà près du lavoir la boutique de Mrs. Hamper. Mr. Mouse sent bientôt sous ses doigts gourds la poignée bringuebalante de la porte d'entrée.

Une petite pluie fine de notes aigrelettes se déclenche aussitôt. Voilà. On est dans l'antre de Mrs. Hamper ; dans un incroyable fouillis qui fait le charme de cette caverne d'Ali Baba chichement éclairée — une seule lampe à pétrole posée sur le comptoir sombre, patiné, près de la balance monumentale. Sacs de haricots secs, paquets de café de glands entassés, jouets en bois pour les enfants, guirlandes d'herbes aromatiques accrochées au plafond, bouteilles sucreuses de sirop d'orgeat, de grenadine, flacons de sirop d'érable et d'eau de fleur d'oranger, cloche à fromage immense dont le grillage laisse apercevoir des merveilles de gruyère, de comté, de cheddar ! On a tout le temps d'admirer ce somptueux désordre pendant qu'une voix rogue vous fait patienter :

— On arrive ! On arrive !

Mrs. Hamper est dans sa cuisine, en train de mitonner quelque odorante soupe de châtaignes dont l'arôme la précède. Avec Mrs. Hamper, pas de débordement d'amabilité ni d'obséquiosité servile.

— Qu'est-ce qu'y veut, l'Mr. Mouse, aujourd'hui ?

Jeremy Mouse sourit. Dans ses engonçants paletots gris, son tablier blanc toujours immaculé tendu sur un ventre proéminent, Mrs. Hamper réapparaît chaque fois avec les mêmes phrases revêches. La concurrence avec le Magasin général n'y change rien. Mrs. Hamper se moque de plaire, et c'est sans doute pour cela qu'elle plaît autant à Mr. Mouse.

— De la moutarde au détail, et du comté.

— Un morceau comment, qu'vous voulez ?

Mrs. Hamper en a fait fuir plus d'un, avec

son sens de l'organisation sociale. Il y a deux ans, quand le pétrole est venu à manquer, elle a refusé de vendre des boîtes entières de bougies.

— Il en faut pour tout l'monde ! Moi, j'en vends deux par famille !

Devant cet autoritarisme, bien des souris ont filé vers le Magasin général, où elles ont acheté des cartons de cent bougies qui ne serviront jamais — la crise du pétrole est finie. Au Magasin général, il y a aussi des packs de vingt-quatre bouteilles d'une bière douceâtre : rien à voir avec ces jolies bouteilles de bière rousse à l'étiquette raffinée que Mrs. Hamper va chercher dans sa remise avec des mines de conspiratrice — de quoi vous donner du courage pour tout un retour dans la neige et le vent.

D'habitude, Jennifer et Mortimer insistent pour accompagner leurs parents chez Mrs. Hamper. La vieille épicière a toujours eu un faible pour eux. Alors que Mortimer n'était qu'un souriceau, Mrs. Mouse a demandé un jour une botte de poireaux.

— Y en a plus, des poireaux ! répondit Mrs. Hamper de sa voix délicate.

Et Mrs. Mouse de soupirer, avec sa rouerie féminine :

— Tant pis, mon petit Morty n'aura pas sa soupe de poireaux !

— Ah ! C'est pour Mortimer ?

Et ce jour-là, pour Mortimer, il y eut des poireaux.

Dans la boutique de Mrs. Hamper, un objet entre tous fascine Jennifer depuis des années. C'est une bouteille de liqueur-boîte à musique. Une danseuse en tutu rouge danse au fond de l'alcool transparent, sur une valse grêle et métallique. Chaque fois que Jenny vient dans la boutique, Mrs. Hamper remonte le mécanisme. Les mains croisées sur son tablier blanc, elle ne peut s'empêcher alors de laisser transparaître une expression de vraie tendresse sur son visage si bougon.

Mais Mr. Mouse est seul, en cette matinée d'hiver.

— C'est un grand jour, Mrs. Hamper ! Avec mon épouse, nous avons décidé de vous acheter la danseuse-boîte à musique. Je crois qu'aucun cadeau de Noël ne pourrait sembler plus extraordinaire à Jennifer. Mais puis-je vous demander de la conserver jusque-là ? Si Jenny revenait ici entre-temps, elle ne comprendrait pas.

Mrs. Hamper dodeline de la tête dans un assentiment satisfait. Plus qu'une connivence, c'est un secret que va préserver l'épicière. Au Magasin général, ils ne vendent pas les secrets.

VIII

Où la littérature des souris prend son essor grâce à l'appui moral offert par les gerboises.

Mr. Mouse écrit. Pas de la grande littérature, rassurez-vous. Plutôt des aquarelles, des petites gouaches, des esquisses. Il eût d'ailleurs préféré peindre. Chaque fois qu'Emily sortait ses palets d'aquarelle, ses grands blocs de papier à dessin Moulin d'Arches, Mr. Mouse avait envie d'en faire quelque chose : le désordre était si réussi ! Les albums pour souriceaux d'Emily sont si beaux ! Mais non, vraiment, il est trop maladroit pour l'expression graphique. Ce n'est pas sa faute : on lui a appris à écrire avec la patte droite, bien qu'il soit gaucher. Alors, les soirs où Emily peignait, Mr. Mouse s'installait dans le fauteuil pour lire. Il croyait pouvoir s'embarquer dans des romans passionnants, tout frémissants d'histoires, d'aventures, des livres pour se faire peur dans des vagues de dix mètres à déguster au coin du feu. Mais rien à faire. Mr. Mouse est trop vieux, sans doute, ou bien il a trop cru à toutes ces histoires quand il était souriceau — plus moyen de voyager ainsi, désormais.

Pendant quelque temps, Mr. Mouse fut malheureux de cette infirmité, et se consolait comme il pouvait : faisant semblant de suivre le chemin des lignes, il plongeait seulement dans le presque silence du terrier, la rousseur de la bière et la clarté des flammes. Et puis, comme par magie, d'autres livres lui sont tombés sous les pattes. Des livres différents, des livres délicieux qui ne racontent pas grand-chose, mais se boivent et se mangent avec les yeux. Le premier commençait ainsi :

« Moi et ma cheminée, têtes grises et vieux fumeurs, nous habitons à la campagne. J'ose même dire que nous y devenons d'authentiques autochtones ; et particulièrement ma cheminée, qui s'y enfonce un peu plus chaque jour. »

Moi et ma cheminée : Herman Melville. Quelqu'un écrivait donc ainsi ! Ce fut un grand bonheur pour Mr. Mouse. La couverture du livre était dans la couleur, avec une photo de maison sous la neige. On pouvait savourer le texte très lentement. C'était meilleur, plus chaud, plus pétillant que la meilleure bière de Mrs. Hamper.

Plus tard, Mr. Mouse découvrit d'autres trésors avec des auteurs d'outre-Manche. L'un d'eux, Mr. J.M.G. Le Clézio, avait écrit un livre très étrange et très beau, qui n'emmenait nulle part et conduisait partout : présent, passé, futur, espace. *L'Inconnu sur la terre*. Là aussi, la première phrase était si particulière :

« Je voudrais vous parler loin, longtemps, avec des mots qui ne seraient pas seulement des mots, mais qui conduiraient jusqu'au ciel, jusqu'à l'espace, jusqu'à la mer. »

Mais le plus étonnant, c'est que Mr. Mouse est devenu l'ami épistolaire d'un troisième auteur, un Français, lui aussi : Mr. Alain Gerboise. Mr. Gerboise est notamment l'auteur de deux romans exquis consacrés au fromage, le premier d'atmosphère hollandaise, le second de climat auvergnat : *La Couleur orange* et *Une sorte de bleu*. Enthousiasmé par la lecture de ces deux chefs-d'œuvre, Jeremy Mouse adressa une lettre à l'éditeur de Mr. Gerboise, à Paris. Quelle surprise et quel bonheur ce fut de recevoir une lettre de France, moins d'un mois après ! Mr. Crabtree, le facteur, en fut durablement impressionné, et parle désormais à Mr. Mouse avec une nuance de respect. La lettre, des plus amicales, était de Mr. Gerboise lui-même. Il conseillait à Mr. Mouse de prendre la plume, à l'occasion, pour connaître les joies de l'écriture.

Pétrifié de reconnaissance, Mr. Mouse mit quelque temps à assumer l'encouragement.

Pour se hisser à la hauteur de cette bienveillance, il crut ensuite bon de se livrer à quelques réflexions philosophiques sur la vie des terriers, l'organisation sociale des souris anglaises. Il recopia sur un cahier quadrillé ses brouillons infâmes de gaucher contrarié, et les adressa à son lointain ami. La réaction de Mr. Gerboise fut seulement courtoise. Mortifié, Jeremy Mouse se lança incontinent dans un roman historique aux passions débridées. Il lui semblait que ces déferlements avaient quelque allure, mais Alain Gerboise ne fut guère plus emballé.

Désespéré, Mr. Mouse dit adieu à la littérature. Tout juste continua-t-il par politesse à donner çà et là de ses nouvelles à l'écrivain français. Quittant toute prétention formelle, il lui dit les soirées, le vin de mûres, le hochepot du Lancashire, les chemins enneigés, les réflexions de Mortimer et de Jenny, la couleur de ses jours. Sans se forcer, il prit du goût à s'installer le soir près d'Emily, à refléter sa vie pour cet ami lointain. Un jour, il reçut de Paris une lettre stupéfiante. Alain Gerboise lui écrivait qu'il n'avait jamais rien lu d'aussi vrai, d'aussi joli ! Jeremy Mouse se demanda d'abord si l'on ne se moquait pas de lui. Mais non. Gerboise insistait, parlait même d'une édition éventuelle.

Mr. Mouse n'y croit pas trop, mais depuis il

écrit chaque jour. Il écrit tout petit : les jours, les ciels, les choses, les odeurs, et le fouillis où ses jours s'épanouissent. Il roule les mots sous ses doigts, ses pages lui ressemblent, et c'est ça le bonheur.

Pour l'édition, il a le temps : un livre comme ça n'est jamais tout à fait fini.

IX

Où il est prouvé que l'intérêt du cirque est soumis aux fluctuations de l'amour paternel.

Lorsqu'il était souriceau, Mr. Mouse détestait le cirque. Qui le dirait aujourd'hui ? Dès que le moindre chapiteau dresse ses voiles sur la place du village, il se précipite, fébrile, s'enquiert de l'heure du spectacle, demande s'il faut réserver. On lui répond d'un ton narquois, mais Jeremy Mouse n'en a cure. Vite, il court au terrier du Chêne prévenir Emily.

— Le Black Cat Circus s'installe ! Spectacle à dix-sept heures ! On pourrait aller chercher Morty et Jenny à la sortie de l'école ?

— Je croyais que vous aviez horreur du cirque, Jeremy ? s'amuse Emily.

— Seuls les imbéciles ne changent jamais d'avis ! Au lieu de vous moquer de moi, vous feriez mieux d'enfiler votre capeline : nous allons être en retard !

Le grand bonheur, c'est d'accueillir Mortimer et Jennifer avec la bonne nouvelle. Morty et Jenny sont de bonne composition. Ils font toujours semblant d'être surpris — pourtant, la parade est passée à l'école pendant la récréation du matin, avec, entre deux roulements de tambour, ces phrases cadencées :

— Un spectacleu exceptionnelleu, le Blackeu Cateu Circuseu vous fera frémireu avec ses acrobateu et, pour la première fois au mondeu, un numéroeu de chat domptéeu !

Sur les gradins du Black Cat Circus, il n'y a pas grand monde. Seuls les Bigger sont déjà installés dans l'unique loge tendue de velours cramoisi. C'est chaque fois pareil : après avoir craint de ne pas avoir de place, la famille Mouse a peur maintenant que le spectacle n'ait plus lieu, faute de spectateurs — cela s'est déjà produit, une triste fois. Mais les souris du voisinage s'installent peu à peu, et tout va commencer !

Une souricette pailletée de bleu nuit vient jongler avec des glands dans le halo du projecteur. Son petit geste pour saluer en retournant ses pattes est des plus gracieux. On l'applaudit très fort, comme si l'on se donnait de l'élan pour la suite. Les acrobates qui lui succèdent font passer un frisson de terreur. Dans leurs sobres maillots blancs, les Gonzales Brothers terminent leur numéro par des sauts périlleux réalisés au-dessus de tapettes amorcées. De la pure folie ! Jenny s'est blottie contre sa maman. Mortimer a beau rester droit et viril, il n'en mène pas large. Mais la frayeur cède place à l'horreur avec l'arrivée du dompteur. Dans son habit de pourpre et d'or, Johnny Fearless a fière allure ; mais comme il semble soudain frêle et démuni, à l'apparition de Black Cat ! De mauvaises langues diraient que le monstre a perdu avec l'âge un peu de sa vivacité originelle. C'est néanmoins un vrai régal, une émotion inouïe de voir le gros chat noir renversé sur le dos, pantelant sous les ordres d'une souris dominatrice ! Des piaillements d'effroi s'élèvent dans l'assistance. Et si Black Cat s'en prenait aux grilles ? Heureusement, il y a les clowns pour se remettre ensuite de tant de coups au cœur. Emily et Jeremy ne regardent pas vraiment. Ils vivent le spectacle à travers le regard de Mortimer et Jennifer. Tout est si fort, si beau, si drôle et effrayant, par les yeux des enfants — par les yeux de l'enfance.

La route du retour est pleine de « Tu as vu, quand... ? Moi, c'que j'ai préféré, c'est... Le mieux, c'était... »

Les parents ne disent plus rien. Plus tard, beaucoup plus tard, quand Morty et Jenny seront couchés, Mr. Mouse restera longtemps prostré dans son fauteuil.

— Vous me semblez bien songeur, Jeremy.

Mr. Mouse hoche la tête, et les mots viennent lentement :

— Je pensais seulement... Je pensais qu'un jour... le cirque m'ennuierait de nouveau...

Emily s'assoit sur l'accoudoir, lui prend la patte, et parle doucement, comme elle soufflerait sur le front d'un enfant malade :

— Rien ne presse pour ce jour-là, Mr. Mouse.

X

Où notre héros avoue sans honte excessive une gourmande propension à se regarder dans les glaces.

Mr. Mouse se regarde dans les glaces. Ça ne s'arrange guère au fil des ans. Pourtant, Jeremy Mouse maîtrise en philosophe les éléments de l'analyse : c'est un réflexe adolescent. Le souriceau ne se regarde pas, ni le vieux rat. Mais le sourivenceau commence à se chercher dans les miroirs, par peur de plaire et désir d'exister, ou bien l'inverse, enfin... Mr. Mouse s'embrouille. Le trouble s'insinue — quelque chose lui dit que, s'il a la chance de vieillir, il se regardera toujours coquettement au dos des casseroles rutilantes, sur la surface de la Mare-aux-saules...

Mr. Mouse aurait-il besoin de plaire ? Besoin, peut-être pas. Envie, c'est autre chose. Entendons-nous. Depuis longtemps, Mr. Mouse ne jette plus de coups d'œil langoureux aux souris du voisinage. Avec les plus jeunes souricelles, il passerait pour un satyre, et il est trop ami avec les souris de son âge pour tenter les battements de paupières d'un indicible vague à l'âme. D'ailleurs, pas de vague à son âme, et s'il est amoureux, c'est d'Emily Mouse, chaque jour un peu plus — oui ; d'autres souris lui semblaient encore désirables, il n'y a pas si longtemps, mais il les connaît un peu mieux, alors l'envie décroît, ou bien l'amour grandit, allez savoir, ou bien c'est un peu d'âge.

Non, les coups d'œil au miroir de Mr. Mouse ne sont pas destinés à l'évaluation objective de ses virtualités séductrices, ils n'ont pas à proprement parler d'arrière-pensée stratégique. Et ce n'est pas non plus un tic. Mr. Mouse se souvient. Quand il était sourivenceau, il redoutait toujours de se trouver très laid. Vite, il se regardait dans un éclat de verre, et ça le rassurait . ma foi, il n'était pas si mal. Mais trois secondes après, il voulait confirmer cette sérénité, et un nouveau regard le ramenait à son angoisse originelle. Quel enfer !

Aujourd'hui, ses regards sont quand même plus quiets. Il se reconnaît presque à chaque fois, avec ses vêtements de gentlemouse-farmer-élégant-confortable, son grand museau du South West, sa silhouette encore très passable, gentiment rembourrée par la sagesse des années. Mais s'il était si sûr de lui, Jeremy Mouse saisirait-il encore la moindre occasion de reflet ? Il en a honte, mais il lui arrive parfois de se guetter dans les sous-verres des tableaux accrochés au mur du terrier.

Mr. Mouse secoue la tête ; l'ébauche d'un instant, sa pensée se fait nihiliste. On n'est jamais tout à fait sage, ni tout à fait soi-même, ni tout à fait rien. Ou bien c'est peut-être moins grave : il faut se faire peur et s'oublier, et puis vite fêter les retrouvailles.

XI

Où la tempérance et la volupté montrent qu'elles savent se multiplier pour abolir le temps.

Depuis qu'il a repris la course à pattes, Mr. Mouse ne fume plus souvent. Sa philosophie du plaisir y trouve son compte. Fumer peu, c'est fumer bien. Mais fumer presque pas, c'est le sommet du nirvâna ! Deux ou trois fois par mois, Mr. Mouse s'autorise une pipe. Il a renoncé au cigare, impossible à fumer dans un terrier. Pourtant, cela constituait la volupté suprême. Un havane conditionné dans un tube métallique aux allures hypocritement pharmaceutiques, une feuille de cyprès pour l'allumer, et puis cette saveur inégalée, cette amertume sud-américaine lourdement tropicale et sèche en même temps — un petit miracle ! Mais, délicieux pour soi, le cigare est infect pour les autres, il faut en convenir. Mr. Mouse y voit la source d'une édifiante réflexion. Pas d'innocence en ce domaine : le cigare fait du mal aux autres *parce qu*'il fait du bien à soi.

La pipe est plus perverse, en dépit de ses manières bon enfant. Avec ses rites pacifiants, elle impose l'idée de calme et de bien-être, jusqu'aux petits « pop » de la bouche poissonneuse. Autour d'elle, on dit « ça sent bon ». C'est vrai que ça sent bon le miel, un peu la figue ; ça sent le roux, le blond, l'automne savouré au creux des soirs d'hiver. Mais toutes ces saveurs sont pour les autres — pour le fumeur, la pipe ne sent presque rien. Mr. Mouse le sait, et sent qu'il touche là à sa nature la plus secrète. Il ne savoure pas les choses pour elles-mêmes, ni pour lui. C'est plus diffus, plus abstrait — suivrez-vous jusqu'au bout les volutes enfumées de cette dialectique de souris ? Mr. Mouse fume son pouvoir de créer l'atmosphère. Il regarde la boîte de Player's Navy cut medium, l'étiquette (*trademark*) Nottingham Castle. Son talent sera bleu pâle et or : il tiendra seulement dans la sagesse de l'attente. Si Jennifer lui dit que ça sent bon la pipe, il aura maîtrisé le jour.

XII

Où l'on voit que les grands poussent le talent jusqu'à aimer les petites choses.

— Vous pourriez même exposer vos petites aquarelles. C'est tellement frais, tellement mignon !

— Je vous remercie. Je n'expose pas.

Mr. Mouse réprime à grand peine un rire inconvenant. C'est vrai que le dialogue entre Mrs. Burberry's et Emily l'amuse au plus haut point. Il faut toute l'excitation babillarde et minaudière de Mrs. Burberry's pour ne pas voir à quel point Mrs. Mouse s'est renfrognée. Mignon ! Vos petites aquarelles !

— Mais si, reprend Mrs. Burberry's. C'est de la peinture aussi ! Nous voulons mettre en valeur tous les créateurs locaux lors du grand salon de Brambly Town. On vous fera une petite place. Et puis les enfants seront tellement contents ! François-Xavier adôre ce que vous faites ! Je vous quitte, je n'ai pas commencé mon marché !

— C'est ça, va faire ton marché ! siffle Emily entre ses dents, pendant que Mrs. Burberry's s'éloigne à grandes pattées théâtrales, avec son châle de soie sauvage et ses mèches de poils décolorés.

— J'adôre ! C'est tellement mignon ! singe Mr. Mouse. Eh bien, Emily, vous pouvez être contente ! Même les grands de ce monde apprécient vos petites histoires de souricettes. C'est de la peinture *aussi* ! Certes, ce n'est pas la peinture des ateliers virils croûlant sous le désordre maculé du génie, mais c'est de la peinture, qui l'eût dit ?

Emily se déride un peu. Mr. Mouse lui met la patte sur l'épaule.

— Il y a quelque part, continue Jeremy, il y a quelque part, très loin de l'autre côté de l'Oural, à Sverdlovsk, une souris russe un peu solitaire pour qui vos albums sont ce qu'il y a de plus mélancolique et de plus fort au monde. Tout ce que vous dessinez, c'est pour elle, et ce miracle-là suffit.

XIII

*Où la paresse est
expressément reconnue
comme la marque première
du sérieux de l'écrivain.*

La dernière pensée de Mr. Mouse vaut qu'on s'y arrête. C'est l'écrivain en lui qui a parlé. Mr. Mouse ne tergiverse pas quand cette voix se lève au fond de lui ; malgré l'apparente modestie des sujets esquissés, c'est l'écrivain qui commande, désormais.

La voix lui a dit à peu près :

— Ce n'est pas tout d'écrire. Il faut, pour nommer les couleurs des jours, apprendre a perdre un peu de temps. L'activité fébrile éloigne du talent.

Ah ! Comme c'était vrai ! Comme cette voix-là parlait juste ! Mr. Mouse le sentait bien, depuis quelques années : il devenait un tâcheron de la cueillette, un laveur de vaisselle impenitent, et parfois même presque un bricoleur ! Où étaient donc passées ses belles flâneries d'adolescence, l'âme perdue dans un amour très vague, jusqu'à l'heure du souper ? Comme une écharpe emmitouflant les jours, la paresse était reine, en ce temps-là. Il l'avait désapprise !

Mais, foi de Jeremy Mouse, il n'est jamais trop tard : à cœur feignant, rien d'impossible ! Depuis qu'il a saisi la plume, Mr. Mouse s'applique, et revient à la rude école du temps gaspillé. Ce n'est rien, et c'est tout : s'arrêter de cueillir pour contempler la cueillette des autres, avec ce tout petit remords qui fait l'écume du plaisir ; remettre une vaisselle au lendemain pour le juste motif de ne rien faire tout un soir — rien que regarder plus longtemps les flammes, y prolonger une rêverie sans objet, impérieuse et baroque.

De tout ce temps perdu, Mr. Mouse fait le miel de ses mots. L'alchimie de la création dort dans ces cornues délicates, ces alambics sophistiqués où se dilue le temps très pur de la paresse. Pour le grand œuvre, Jeremy, minutieux, prépare ses ingrédients : petite sieste après lecture du journal, matinée sabbatique, rêvasseries répétitives, dégustation de jour en spectateur gourmet. Bon courage, Mr. Mouse !

XIV

Où l'on voit que notre héros ne renoncerait pour rien au monde à sa vocation de matelas.

Mr. Mouse aime l'hiver. Quand la neige est tombée, on ne peut plus guère travailler dehors, alors c'est bien de rester au terrier. Mr. Mouse a le temps d'écrire, et si les mots ne viennent pas, il prépare un goûter : du thé au lait, des apple-pies réchauffées dans l'âtre. On peut prendre quelques grammes supplémentaires : c'est bon contre le froid, et puis, en hiver, ça ne se voit pas, sous les vêtements confortables.

Mr. Mouse adore les vêtements d'hiver. L'été, quand revient la canicule, il apprécie comme toutes les souris du voisinage la fraîcheur de la Mare-aux-saules où l'on se baigne, s'éclabousse. Mais il faut se montrer tout nu, et ça, Mr. Mouse n'aime pas trop. D'abord, il trouve que son corps est loin d'être parfait — quelle soudaine modestie ! Mais surtout, il lui en coûte d'abandonner ses vêtements — une part de lui-même disparaît avec eux, et c'est précisément la part qu'il avait su choisir, la seule qu'il pouvait maîtriser !

Mr. Mouse adore la laine, le velours, les tons d'automne entre le vert olive et le roux champignon. Sa collection de pull-overs est très impressionnante. Emily se désole Il n'y a plus de place dans l'armoire ! Mais pour l'anniversaire de Jeremy, elle tricote quand même un nouveau pull châtaigne torsadé — Mr. Mouse est très gâté. Il aime bien que l'on s'exclame « Ça sent bon, ton tabac ! », mais il apprécie davantage encore qu'on lui soupire « Comme c'est chaud, ta laine ! C'est si doux, ton velours ! »

Mortimer et Jennifer lui disent ça souvent. Pour eux, Mr. Mouse se sent une vocation de matelas. Il joue à quatre pattes, et les enfants le font tomber. Alors ils s'allongent sur lui, et soudain pacifiés se blottissent ; pouce dans le museau, ils deviennent tout rêveurs et tendres. Jeremy Mouse est une plaine à jouer, qui se fait champ pour la tendresse. Les soirs d'hiver sont faits ainsi de jeux très clairs et puis de moments calmes bercés sur le tapis usé, près des flammes. Les enfants tiennent à deux sur le ventre de Jeremy — il y a de la surface.

— Morty, ne dépasse pas ma frontière !

— Jenny, tu n'es qu'une vieille râleuse !

Un grand silence, et puis :

— On aurait dit que le bord du tapis, ça

s'rait un chemin au-dessus du vide, et alors on aurait dit...

Jeremy ne dit rien. Les enfants sont si bien qu'ils l'oublient presque. La soirée d'hiver n'en finit pas. Mr. Mouse se concentre pour ne plus bouger du tout les pattes. On aurait dit que son bonheur ne se conjuguerait pas au conditionnel.

XV

Où il est prouvé que l'on sait encore s'amuser.

Mr. Mouse danse comme un ours. Son souffle de coureur à pied lui permet de tournicoter assez longtemps, mais aucune grâce, aucune souplesse, aucune technique. Tant pis. Lorsqu'il était sourivenceau, il se contentait de regarder danser les autres, à la fête de Brambly Town. Des bouffées de cornemuse mélancoliques lui remontent aux oreilles. Il se tenait là, assis sur le petit muret ; toutes les sourivencelles tournoyaient, si mignonnes, et lui n'aurait jamais osé les inviter — il en avait bien trop envie ! Un jour, pour un mariage, on lui donna pour cavalière une jolie cousine. Jeremy se souvient encore de ces slows langoureux, pattes tendues loin de l'infortunée — une honte !

Aujourd'hui, Mr. Mouse se rattrape. L'âge de la timidité s'est enfui, et puis le contexte est différent. Ce ne sont plus des fêtes officielles, mais de chaudes soirées où l'on invite les amis et tous leurs souriceaux. Sur l'herbe, près des racines du gros chêne, on installe en guise de nappe des draps blancs tenus par quelques pierres. Chacun apporte qui des crêpes, qui un grand bol de punch, qui des puddings, qui des buns au gruyère, qui un panier plein de prunelles. Entre les branches, on tend des guirlandes de papier et des lampions pour le soir. Oliver et Franck apportent leur violon, leur guitare, et c'est parti pour le quadrille — très approximatif ; heureusement que Miss Isabella est professeur de danse et donne quelques vagues notions — le rock and roll, où Cecilia, Francesca et le couple des Carpenter excellent dans les figures acrobatiques, et la farandole, menée tambour battant par Domenica et tous les souriceaux.

Un peu dépassé par les prouesses répertoriées du rock and roll, Mr. Mouse se rattrape avec la farandole, et surtout se démène dès que le violon d'Oliver attaque un air de folklore irlandais, une gigue écossaise. Dans le n'importe quoi, Jeremy se lance à jetés battus éléphantesques. Si l'esthétique chorégraphique n'en sort pas enrichie, l'énergie athlétique déployée est méritoire. Bien sûr, Emily est morte de rire, mais on n'est jamais ridicule, à la fête du grand Chêne.

Quand le soir vient, quand les danseurs s'essoufflent, s'assoient plus longtemps près des nappes et boivent la liqueur d'airelle en se parlant de tout, de rien, c'est Mortimer qui prend les choses en main. Il s'éclipse un long moment avec tous les souriceaux, toutes les souricelles. Quand ils reviennent, précédés par des lampions allumés qui font plus bleue la nuit naissante, leur spectacle de cirque est prêt.

Les parents se rassemblent, histoire de réchauffer un peu leurs pattes mouillées de serin, histoire surtout de partager de plus près la fierté d'admirer leur progéniture. C'est très joli, ces tours de magiciens, ces acrobaties fantomatiques, ces mouvements d'automates découpés dans la lumière tremblante des bougies, sur fond de branches et de quartier de lune. Morty a revêtu son habit d'arlequin, et présente les numéros avec des gestes un peu penchés, un peu mélancoliques et graves. Emily s'est assise entre les pattes de Jeremy. Mr. Mouse est doublement fier, car elle lui chantonne à l'oreille :

On danse avec le corps
On danse avec le cœur
Pour un de ces deux sports
Vous êtes le meilleur.

XVI

Où l'on voit que le punch et la mélancolie s'entendent pour conférer à Mr. Mouse une stature cinématographique.

Quand la fête est terminée, quand les amis s'éloignent au long du sentier du grand Chêne, Mr. Mouse sent son cœur se gonfler. Les souriceaux ont accroché les lampions au bout d'une branche et les lucioles dansent dans la nuit. On entend des exclamations, puis la rumeur décroît, après la Mare-aux-saules. Mortimer et Jennifer sont déjà rentrés. La porte ouverte du terrier laisse filtrer un chaud rayon de lumière.

— Eh bien, Jeremy, vous ne voulez pas vous coucher ?

Mr. Mouse reste là, debout sur le chemin. Ces amis qui s'en vont, après tant de danses et de courses, c'est le temps qui reprend son cours. Si un malheur survenait, si l'un d'entre eux venait à disparaître, c'en serait fini du bonheur, c'en serait fini de toutes les fêtes, pour toujours. Pourtant, la joie semblait facile et sûre, dans la liqueur d'airelle et les chansons.

Mais il suffit d'un souffle, et tout serait suspendu, aboli. Mr. Mouse soupire. Tout est si fragile, dans la vie des souris !

Jeremy Mouse se verse un grand bol de mélancolie, après deux ou trois bols de punch. Il aime bien le punch. Il ne déteste pas un zeste de mélancolie — surtout après le punch ? Il prolonge à loisir cette atmosphère qui s'installe dans les papiers froissés de la fête évanouie, cette tristesse douce qui chatouille le poil d'un frisson délicat. Dans chaque souris dort un guépard qui voit mourir sa dynastie. Mr. Mouse, si peu décadent d'ordinaire, se prend soudain pour Visconti, et filme sans effort cette ébauche de nostalgie. Il se trouve bientôt tout un monologue intérieur dans la couleur de ses images. Une voix off au timbre grave et velouté souligne l'aspect métaphysique du scénario. Elle dit avec un tutoiement jupitérien des plus prenants : « Il est plus tard que tu ne penses ! »

N'abusez pas du cinéma, Mr. Mouse. Un petit verre de mélancolie n'a jamais fait de mal au bonheur de la fête. Mais maintenant, le terrier vous appelle, Emily vous attend. Avant le grand délire, il se fait temps d'aller dormir.

XVII

Où notre héros se trouve confronté à l'angoisse métaphysique en découvrant qu'il pourrait ne pas être « d'aujourd'hui ».

Mr. Mouse a eu la vanité de publier un de ses textes dans le journal local. Le *Brambly Town's Tribune* est très lu dans les terriers. Le mercredi après-midi, toutes les souris se pressent en file indienne devant le magasin de Mr. Heron, le marchand de journaux. Chacun repart ensuite, le *Brambly Tribune* déployé devant les yeux, et c'est un curieux ballet. On s'exclame, on trébuche, on s'arrête pour mieux voir la photo de Miss Aurora, reine de la fête des Prunelles, celle de Mr. Peacock, vainqueur du concours de dominos. Il y a parfois des messages plus acides :

« Mrs. Hamper tient à apporter la précision suivante : contrairement à ce qu'ont affirmé certaines personnes malveillantes, elle n'a jamais utilisé de feuilles en décomposition pour la confection de sa liqueur de faine. »

Lire le *Brambly Town's Tribune*, c'est se régaler de tous ces menus faits et gestes en se disant qu'on fait partie d'un petit coin qui n'existe même pas dans la tête des habitants de Londres — mais ici, c'est Londres qui n'existe pas. Parfois, on aperçoit la photo de Morty ou de Jenny, petites pointes d'aiguille dans le groupe de la chorale ou le défilé du carnaval. Le *Brambly Tribune* vole à la rencontre de l'événement. Qu'un jeune souriceau termine huitième au concours du meilleur cueilleur de baies du Comté, et il aura droit à la une la semaine suivante ! On imagine la sensation quand des souris bavardes ont raconté ce phénomène incroyable : un écrivain français tenait en haute estime les écrits de Jeremy Mouse, *le* Jeremy Mouse du grand Chêne !

On demanda aussitôt à Mr. Mouse un texte pour le journal. Jeremy crut faire plaisir à la communauté en confiant à l'hebdomadaire quelques pages sur le bonheur — Alain Gerboise les avait beaucoup aimées, et, après tout, si Mr. Mouse est heureux, c'est aussi grâce à son village.

Cruelle déception ! Le bonheur affiché prenait soudain des airs de morale et de propa gande qui en gâtaient la saveur. Et puis un matin, sur la place de la Poste, Mr. Bigger lança à Jeremy :

— J'ai lu votre texte sur le bonheur. C'est

étrange. Je ne vous voyais pas comme ça. On dirait que vous parlez d'un bonheur passé. Ce n'est pas un bonheur d'aujourd'hui !

Mr. Mouse est resté désarmé, muet, pattes ballantes. Pas un bonheur d'aujourd'hui ? Il est rentré comme un somnambule vers le grand Chêne. Alors on pouvait vivre sans être d'aujourd'hui ? Pas d'aujourd'hui, Emily, Jennifer, Mortimer ? Pas d'aujourd'hui les fêtes, les saisons, la liqueur de prunelle, les amis ?

Jeremy se sentit triste tout un jour. Quelque part, il sentait que Mr. Bigger avait raison, mais il n'aurait trop su dire pourquoi. Puis le temps a passé. La phrase est restée dans sa tête, mais elle a changé de pouvoir. Mr. Mouse se l'est appropriée, et sa philosophie s'est étoffée en sublimant l'adversité. La dialectique de Mr. Mouse a repris du poil de la bête — le contraire nous eût surpris. Voilà le théorème : Il y a le bonheur, et puis il y a des bonheurs plus petits : on les appelle d'*aujourd'hui.*

Mr. Bigger est lauréat
Du bonheur de la véranda
Mais son bonheur est si petit
Qu'il s'effarouche avec la nuit.

Dans la cuisine du terrier, Jeremy a chantonné d'un ton détaché ces vers de mirliton qu'il avait longtemps peaufinés. Mais il s'est trouvé tout penaud quand Emily, sans arrêter de tourner la soupe, a poursuivi sur le même air :

Mr. Mouse est si mesquin
Qu'il broie du fiel soir et matin
Mais ce sera bien fait je crois
L'esprit lui gâtera le foie.

XVIII

Où l'on voit que les facteurs s'apparentent aux démiurges.

Il y a deux sortes de souris : celles qui attendent le facteur, et les autres. Mr. Crabtree serait sûrement surpris de connaître cette abrupte loi psychologique érigée par Mr. Mouse. Peut-être serait-il déçu ? Mr. Crabtree a tant l'habitude de voir le museau de Jeremy Mouse pointer hors du terrier, à l'heure approximative de son passage vers le grand Chêne. Il s'imagine sans doute que c'est pour le plaisir d'échanger quelques phrases spectaculaires sur la météorologie :

— Pas chaud, c'matin ! J'ai moins quatre à l'abri des racines !

— C'est rien, Mr. Mouse ! Y a Mr. Peacock qu'a moins huit, su'l plateau !

De toute façon, avec Mr. Crabtree, on est toujours battu. L'hiver, il connaît le plus froid, et à l'automne il triomphe encore. Matois, il attend qu'on lui lance la première phrase :

— J'ai trouvé de beaux cèpes, hier. Il paraît que c'est une année exceptionnelle.

— Ça, une année à cèpes ? Vous voulez rire, Mr. Mouse ! C'qu'y a, c'est qu'ils ont tous poussé en même temps, à cause de la sécheresse. Mais c'est une toute petite année.

On le voit, le bavardage avec Mr. Crabtree aurait tendance à devenir vaguement exaspérant à la longue. Au risque de vexer le diligent fonctionnaire de Brambly Town, disons-le tout haut : Mr. Mouse n'attend pas le passage de Mr. Crabtree — il attend le facteur.

Pourquoi ? C'est une bonne question. À certaines périodes de son existence, Jeremy Mouse avait des raisons objectives d'espérer une lettre de Paris, un paquet de sa vieille maman, le bulletin scolaire des enfants, que sais-je ? Mais il lui a fallu au fil des jours se rendre à l'évidence : il attend le facteur même quand il n'attend rien. Cela tourne à la maniaquerie. Dès neuf heures du matin, il commence à s'inquiéter : « Le courrier est passé ? » Plus grave, il lui arrive de guetter la boîte aux lettres à toute heure du jour, bien après la visite de Mr. Crabtree. En fait, le regard vers la boîte aux lettres est son premier réflexe dès qu'il sort du terrier, dès qu'il y rentre. Attention ! Il ne s'agit jamais d'une inquiétude — pourtant, Jeremy est d'un tempérament des plus anxieux, et les mauvaises nouvelles ont autant de chances de lui parvenir que les bonnes. Mais c'est ainsi.

En regardant autour de lui, Mr. Mouse s'est rendu compte qu'il n'était pas le seul à être touché par le syndrome de la boîte aux lettres. Avec soulagement, il a constaté que même des souris en apparence très équilibrées avaient de ces regards furtifs...

Sous la douceur trompeuse de la campagne, la vie n'est pas si simple, à Brambly Town. Mr. Crabtree a-t-il vraiment conscience d'être une ligne de partage, une frontière du jour ? Peut-être un peu. Sous les banalités triomphales de sa conversation se cache un pouvoir plus pervers qui taraude les nerfs. Quant à Jeremy Mouse, il ne réfrène plus ses impulsions — dans cette acceptation de sa folie, il voit bien sûr un début de sagesse. Incorrigible Mr. Mouse ! Il n'attend rien, mais il espère. Quand créera-t-on le parti des lorgneurs de boîtes aux lettres ?

XIX

Où le désordre est prétexte à une analyse sexuée des comportements domestiques.

Mr. et Mrs. Mouse ne jettent rien. Ni les coques de noix, ni les bogues de châtaignes, ni les almanachs périmés, ni les anciennes lettres — ils vont jusqu'à garder les enveloppes. Déménager serait pour eux un cauchemar. Année après année, il a fallu creuser des galeries sous le grand Chêne pour préserver toutes les couches sédimentaires du passé. Y a-t-il vraiment des reflets de leurs fêtes dans les bouteilles vides, des reflets de l'été dans les pots de confitures terminés ? Emily et Jeremy ne se posent même pas la question. Encore ne relèguent-ils qu'avec remords les objets de leur vie dans les « chambres à mémoire ». L'expression n'est pas mal. Elle est de Mr. Mouse. On sent la patte de l'écrivain. Oui, les activités littéraires de Mr. Mouse n'ont rien arrangé : ce qui était pente naturelle de son caractère est devenu disposition mentale concertée. Avant, il gardait tout. Aujourd'hui, il proclame haut et fort qu'il faut tout garder

Quel amoncellement, dans le terrier du grand Chêne ! Je vous ai déjà parlé du tapis usé, devant la cheminée ? S'il est si doux sous les pattes, c'est qu'il y a là, superposés, une bonne dizaine de tapis dont Emily et Jeremy n'ont pas voulu se séparer. Tout est à l'avenant. C'est certes très joli d'avoir des champignons qui sèchent sur un fil accroché aux solives du plafond. Encore faut-il laisser assez de place pour y pendre aussi les bouquets d'herbes sèches, les feuilles de verveine, les guirlandes de glands. En haut du vaisselier, c'est un empilement de courtepointes, de confitures de mûres, de vieilles poupées-souris que Jennifer n'a pas voulu jeter : chez les Mouse, on dirait que la devise est de combler tout l'espace. Le vaisselier lui-même est bourré de pots de toutes sortes, de faisselles pour le fromage frais. Trois bouteilles vides de jus de sureau trônent sur une étagère : c'est un souvenir de la grande fête de l'été dernier, pas question de les jeter. Les innombrables petits tiroirs « si pratiques pour le rangement » ne ferment plus, débordés par un excès d'abondance ; il en dépasse des bougies à demi consumées, des serviettes à carreaux, des coquilles de noix vides pour les cendres de pipe, les pages cornées d'un livre de cuisine ouvert par le milieu. Oserons-nous dire qu'il est à peine possible de se frayer un passage ? Le sol est jonché de baies de sorbier, de piles de vieux livres, de tous ces jolis emballages qu'il faut absolument garder car-cela-peut-servir. Si l'on s'allongeait par terre, c'est à peine si l'on verrait que le terrier est à l'envers.

On imagine l'agacement suscité par Mr. Bigger, lorsqu'il a déclaré en faisant visiter sa véranda :

— Moi, je n'aime pas les maisons remplies d'objets. Des murs nus, la lumière, l'espace, une chambre d'auberge, pourquoi pas, la plus anonyme possible : c'est là que je me sens chez moi, quand les choses ne m'emprisonnent pas.

Rentré au terrier du grand Chêne, Jeremy a regardé Emily faire flamber le vin chaud, puis il l'a bu à petites lampées, s'arrêtant un instant pour bougonner :

— Emily, si ce terrier est une prison, condamne-moi au vin chaud à perpétuité !

Pour tout accumuler, Emily et Jeremy sont d'accord. Ils ressentent ce désir de tout préserver comme une métaphore sublimée de leur amour — oui oui, ils tiennent à se garder aussi. Mais il y a une limite à tout : il faut parfois ranger. La vérité nous oblige à dire que, dans ce domaine délicat, les tendances de nos souris s'opposent irrémédiablement. Emily est rangeuse du dedans, Jeremy rangeur du dehors. Je m'explique. Pour Emily, ranger, c'est repenser à fond l'aménagement des tiroirs du vaisselier, y empiler ici les baies, là les serviettes. Quand son travail est fait, elle sourit de plaisir en regardant la netteté de son classement méthodique. Par contre, cela ne la dérange pas d'avoir amoncelé au hasard de la pièce tous les objets héteroclites qu'elle a chassés du meuble. Elle explique à Jeremy le nouvel agencement. Ce dernier opine distraitement du museau ; un peu d'agacement fait déjà vibrer ses moustaches. Dès qu'Emily a le dos tourné, il enfourne à la diable les scories du rangement dans les pots vides, les soupières, les coquetiers.

Ce sens de l'ordre antinomique est à l'origine de quelques frictions, on l'imagine. Revenu au calme, Mr. Mouse analyse parfois les choses avec l'objectivité magnanime qu'on commence à lui connaître : cette façon de ranger *de l'intérieur* ne serait-elle pas le signe du sérieux transcendantal, essentiel, que la féminité oppose à la superficialité virile, en l'occurrence manifestée par un souci *du dehors* très caractéristique d'une immaturité latente ?

Et tant pis si cette théorie prend à contre-pied toutes les thèses répandues dans les terriers, tant pis si...

Mr. Mouse est beau joueur, qui oserait le contester ? À présent, on se calme.

XX

Où l'on n'hésite pas à médire du soleil et à exalter l'attrait de la banquise.

Dans sa tête, Mr. Mouse est au nord. Le climat très britannique de Brambly Town lui convient, avec ses pluies interminables qui donnent tout son sens au désordre parfumé du terrier du Chêne. Mais il rêve parfois de plus de nord encore, de plus de neige aux jours d'hiver, de printemps fulgurants basculant vers l'été en quelques jours, d'automnes plus poignants dont la splendeur ambrée précéderait six mois de solitude blanche.

Certains expatriés lui ont pourtant vanté le sud de l'Angleterre, où l'on coule, paraît-il, des jours extraordinaires, où les mûres sont plus juteuses, les glands plus tendres, les souris plus aimables, à cause du soleil. Mr. Mouse a hoché la tête. De meilleures mûres qu'à la Mare-aux-saules ? « C'est possible ! » a-t-il murmuré sans conviction dans sa moustache. Des souris plus aimables ? Mr. Mouse n'a pas eu l'indécence de proférer tout haut ce qu'il pensait : les souris du Sud sont peut-être très douées pour l'amabilité, mais dès qu'elles viennent au Nord, elles ont une tendance un tant soit peu agaçante à devenir geignardes, à déplorer sans cesse l'absence de ce soleil miraculeux qui les rendrait si exaltées, si chaleureuses, si hospitalières. D'ailleurs, il paraît que, dans le Sud, tout le monde est toujours dehors. Comment pourrait-on y être hospitalier ? Et puis le soleil ? Jeremy aime le soleil du printemps, qui fait s'épanouir les myosotis devant l'entrée du terrier, le soleil de l'hiver sur les branches givrées. Mais la chaleur d'été, avec son cortège d'insidieux insectes qui s'enfoncent dans les poils et vous démangent impitoyablement, merci ! En juillet, l'année dernière, la Mare-aux-saules était presque tarie, le chemin poussiéreux, les buissons maigres : épines, aiguilles, canicule — voilà de quoi renfrogner Mr. Mouse.

Mais parlez-lui de longs soirs de lecture avec des pages de Gerboise à déguster, de longues nuits avec des jeux de souriceaux, et puis plus tard avec des jeux de grands, dans le silence. Parlez-lui de l'éblouissement du gel, de jours plus courts, plus désirables ; de ce bonheur d'apercevoir une lueur au loin, quand la bise vous mord, et qu'on se dit : Ce tout petit pinceau de lumière dorée, c'est la porte entrouverte du terrier qui m'attend, c'est Mortimer qui vient au-devant de moi ; le froid de maintenant va me faire bientôt très chaud le chaud, si pacifiante pour le corps la liqueur de prunelle. Mr. Mouse a écrit un proverbe du Nord ; il n'engage que lui :

Quand la neige étincelle
Meilleure est la prunelle.

XXI

Où l'on voit que notre héros s'éparpille parfois dans une démagogie un peu vaine.

Mr. Mouse dit bonjour à tout le monde. Quand il se promène dans les rues de Brambly Town, il n'arrête pas d'opiner du museau en fermant les yeux de connivence. La plupart du temps, cette amabilité sociale trouve un écho. Jeremy connaît presque toutes les souris du village : on lui renvoie son bonjour, on l'assortit d'un « Comment allez-vous, Mr. Mouse ? » Parfois cependant, sa pantomime ne déclenche qu'un regard vaguement inquiet — Mr. Mouse est un peu myope. Peut-être est-ce pour cette raison qu'il salue à l'avance, plutôt que de vexer quelque citoyen de connaissance en l'ignorant ? Peut-être aussi faut-il voir dans ces saluts systématiques une double composante du caractère de Mr. Mouse : il adore vivre dans un bourg, ne pas être anonyme ; il tient beaucoup par ailleurs à ce que chacun le trouve sympathique.

Lâché sur les talus de Brambly Town, Jeremy

Mouse est tout d'un coup sous tension. Il ne regarde plus le paysage, mais happe les regards des passants, salue même les commerçants dont il ne fréquente pas la boutique. C'est une drogue douce qui lui réchauffe les pattes, et le conforte dans l'idée qu'on ne vit bien qu'à la campagne. Il serait bien embarrassé pour dire seulement le nom de ce concitoyen distingué, monocle et redingote, avec lequel il échange de temps à autre quelques banalités politiques en achetant le *Brambly's Town Tribune*. Qu'importe. Ce petit commerce de sympathie fait aussi le miel de ses jours. Autrefois, Mr. Mouse essayait de croiser le regard de certaines souricelles. La joute était brutale, et l'enjeu difficile. Aujourd'hui, la forme est plus badine, mais Mr. Mouse a étendu le spectre de son ambition séductrice : il faut que tout le monde l'aime. Quelle élection préparez-vous, Mr. Mouse ?

XXII

Où notre héros reconnaît la nature perverse de la sieste, et n'hésite pourtant guère à s'y abandonner.

— Je me demande si je ne vais pas faire une petite sieste !

La voix de Mr. Mouse manque un peu d'assurance, quand il prononce cette phrase-là. Il jette un coup d'œil en dessous pour guetter la réaction d'Emily. Pourtant, elle lui répond toujours :

— Mais oui, allez vous reposer ! Rien ne presse, aujourd'hui.

Malgré l'assentiment de Mrs. Mouse, Jeremy éprouve encore une légère sensation de faute. Il se sent comme un écolier pris en flagrant délit de gourmandise. Difficile de le cacher : la sieste, c'est le plaisir de se reposer quand les autres travaillent, à l'heure où les souriceaux ânonnent leur leçon de lecture dans l'école, à l'heure où bien des souris entament leur cueillette de l'après-midi. Bien sûr, Mr. Mouse a travaillé avec ardeur toute la matinée, bien sûr il vient d'essuyer la vaisselle.

Il n'en reste pas moins que ce désir de sieste est un aveu vaguement honteux. Disons plus nettement : la sieste est d'essence perverse. Il ne s'agit pas tant de se reposer que de sentir les autres ne pas se reposer. Que voulez-vous, les souris sont ainsi faites.

Toute demi-honte bue, Jeremy Mouse s'installe avec délectation sous la couette de l'après-midi, qui lui semble encore plus moelleuse, encore plus fraîche. Jeremy s'empare d'un très vieux numéro du *Brambly Town's Tribune*. C'est intéressant de savoir qu'il y a trois ans Mrs. Peacock faisait savoir à Mrs. Crabtree que les ragots colportés à son sujet par cette dernière... Mr. Mouse bâille déjà. Il ne se livre pas à l'endormissement nécessaire du soir, mais à un alourdissement voluptueux contre lequel il fait semblant de résister. « Je ne pense pas dormir ! Je vais juste m'allonger en lisant un peu ! » avait-il cru bon de lancer à Emily pour alléger sa conscience. Il faudrait ne pas se laisser aller à cet engourdissement de tout l'être — quand il dort, Jeremy n'entend plus ces échos laborieux du travail des autres, rumeur assourdie qui souligne en contrepoint le délicieux silence du terrier. Mais rien à faire, il sombre. Quand il s'extraira des engonçantes vapeurs du sommeil méridien, Mr. Mouse aura mal à la tête. C'est comme lorsqu'il boit un peu trop d'eau-de-vie de prunelle. Il faut payer le prix de son péché.

XXIII

Où l'on voit qu'Emily Mouse n'a pas sa pareille pour accommoder les chansons traditionnelles.

Mortimer et Jennifer adorent prendre leur bain, le dimanche matin. Sur la vieille cuisinière en fonte, Mrs. Mouse fait chauffer bouilloire sur bouilloire, qu'elle déverse une à une dans la grande cuvette de zinc. À genoux près du baquet, Morty et Jenny trempent le bout de la patte et se brûlent. Emily rajoute quelques carafes d'eau froide. Quand les enfants peuvent plonger la patte entière sans crier d'effroi, le bain est prêt.

Mortimer et Jennifer commencent à être un peu grands pour s'installer à deux dans la cuvette, mais c'est une tradition à laquelle ils ne sauraient renoncer. Leurs chamailleries habituelles font place à une connivence tapageuse et aspergeante. Les mains sur les hanches, Emily les regarde avec un air mi-sévère, mi-amusé qui fait partie du rite. Jeremy proteste seulement quand les éclaboussures atteignent ses pantoufles.

— P'pa ! Tu peux compter combien de temps je reste le museau sous l'eau ? lance Mortimer.

— Je parie que je tiens plus longtemps ! proteste Jennifer.

— Et si vous pensiez à vous savonner un peu avant que le terrier ne ressemble à la Mare-aux-saules ? propose Mrs. Mouse.

Morty et Jenny glissent leur patte dans un gant de crin, et se frottent vigoureusement le poil en chantant à tue-tête les belles chansons qu'Emily a adaptées à leur intention :

Quand les souris vivront d'amour
Il n'y aura plus de misère
Les chats seront tous troubadours
Mais nous nous serons morts, mon frère.

— Elle est bien, mais elle est trop triste ! s'exclame Jenny. Chantons plutôt :

Quand nous en serons au temps des cerises
Et gai rossignol et merle moqueur
Seront tous en fête.
Les souris auront la folie en tête
Et les souriceaux du soleil au cœur.

Emily est venue s'asseoir sur l'accoudoir du fauteuil. Jeremy a laissé sa pipe pour la prendre par la taille. Tous deux fredonnent à l'unisson. Un petit frisson de tendresse glisse sur la mouillure savonneuse du terrier. Mais l'émotion fait bientôt place à un entrain ravageur qui fait trembler les solives, quand Mortimer attaque ce refrain vengeur :

C'est la mère Michel
Qui a perdu son chat
Qui crie par la fenêtre
À qui le lui rendra
C'est le père Lustucru
Qui lui a répondu
Vot'chat, la mère Michel,
On l'a mangé tout cru

Et rient les rats tra la la
Et rient les rats tra la la
Et rient les rats et rient les rats
tra la la.

ad libitum.

XXIV

Où notre héros s'englue quelque peu dans son noble désir de tout ériger en système.

— Quand mon livre sera fini...

Mr. Mouse s'interrompt. Difficile de ne pas voir le petit sourire qui vient de s'épanouir sur le museau d'Emily.

— Pourquoi ce sourire, Emily ?

— Pour rien, mon ami, pour rien... Je pensais simplement à ce discours que vous m'avez tenu il y a deux jours. Votre livre n'était pas comme les autres, sa caractéristique essentielle résidait précisément dans cet inachèvement qui en faisait toute la douleur et tout le prix...

Les moustaches de Mr. Mouse commencent à s'agiter.

— Eh bien, précisément, Emily ! Si j'ai dit tout cela, c'est sans doute que je sentais quelque part le désir, la nécessité d'écrire un jour le mot « fin » ; c'est peut-être même parce que, confusément, j'éprouvais le sentiment d'arriver au bout de quelque chose.

— Si c'est le cas, reprend doucement Emily, vous devriez vous garder d'émettre une nouvelle théorie. Je crains fort d'entendre d'ici deux jours que ce désir d'achèvement n'était que l'expression secrète d'un besoin de poursuivre, et qu'au contraire...

Mr. Mouse est ainsi. Il ne peut s'empêcher de lancer des théories. Cherche-t-il à se persuader lui-même ? Non, honnêtement, quand Jeremy se décide à maîtriser l'univers en l'embouteillant dans une jolie formule, c'est qu'il se sent très sûr de lui. Mais, invariablement, le cours des jours l'éloigne de cette mainmise sur le destin. Il y a eu la théorie sur le travail scolaire des souriceaux : on ne devait jamais s'en mêler — deux jours après l'émission de ce précepte, Jeremy s'engluait jusqu'à minuit dans un délicat problème de cuvette percée qu'il fallait remplir avec 18,666 bouilloires d'eau chaude. Nous eûmes droit également à la mise en quarantaine du *Brambly Town's Tribune*, qui n'avait pas rendu compte des dernières cueillettes de la saison avec toute l'objectivité désirable — mais la semaine suivante, le journal proposait les résultats du concours des terriers fleuris ; comment résister ?

Les jours d'introspection exacerbée, Jeremy va même jusqu'à analyser les choses ainsi : s'il émet une théorie, c'est par désir pervers d'en transgresser l'application. Cette réflexion elle-même est dangereuse : elle a tout l'air d'une nouvelle théorie, qui à son tour...

Le monde des idées est redoutable. Ce sont autant de tapettes amorcées, de pièges qu'on croyait tendre à la vie, et dans lesquels celle-ci vous étrangle : la vie n'aime pas qu'on la force.

Mr. Mouse soupire un grand coup, se cale dans son fauteuil avec une délicieuse bière rousse et le journal. Il se le jure : c'en est fini de la philosophie C'est sa dernière théorie.

XXV

Où l'on voit que notre héros n'est pas assez raffiné pour apprécier le charme de la nouvelle cuisine.

Emily avait rarement vu Mr. Mouse dans cet etat. Il n'a pas desserré les dents pendant tout le trajet du retour ; il a claqué la porte du terrier, a lancé son chapeau haut de forme au hasard de la pièce, s'est affalé enfin dans son vieux fauteuil.

— Banquet de l'association paroissiale ! a-t-il ironisé emphatiquement en exhibant ses longues quenottes dans un rictus de dérision. Ils ne sont pas près de me revoir !

En fouillant dans la poche de son gilet, il en a extirpe une feuille rageusement pliée en boule.

— Évidemment, c'est cette dinde de Mrs. Bigger qui avait fait le menu ! Aussi insipide et prétentieux que sa charmante personne !

Sur un ton consterné, Jeremy a relu à haute voix cette désolante litanie, en l'assaisonnant de commentaires chaleureux :

— Émincé de poireaux à la crème sur leur lit d'épinards nouveaux (une vraie purge).

— Terrine de basilic aux herbes sèches et son coulis d'oseille (du poil à gratter en portions homéopatiques).

— Le gland surprise. (Là, c'est l'apothéose ! Certains y ont trouvé quelques atomes de mousse de framboise ; le mien était désespérément vide !)

Écœuré, Jeremy est resté prostré quelques instants.

— Nous dirons, a proposé Emily avec une suavité diplomatique, nous dirons simplement que vous n'êtes pas un fervent de ce qu'il est convenu d'appeler la nouvelle cuisine !

— Oui, on peut aller jusqu'à dire ça ! s'est esclaffé soudain Mr. Mouse, un peu honteux de sa mauvaise humeur, et déjà tout rasséréné par l'ambiance de son terrier.

Il s'est levé, a embrassé Emily comme du bon pain.

— Demain, je reviens au pays des tourtes, des pies, des potées ! Tant pis pour mon régime et mon col amidonné. Je vais manger comme il faut vivre, et ne plus jamais vivre comme il faut manger !

XXVI

Où des révélations constenantes sont faites sur les pulsions secrètes des souris.

Mr. Mouse est un sceptique.

Ce ne sont pas les livres de la bibliothèque du terrier qui l'ont plongé dans cette fâcheuse disposition mentale. Non, c'est simplement la fréquentation des souris, et, plus pernicieusement, la fréquentation approfondie qu'il a de lui-même. Il y a eu toute une progressive cristallisation du scepticisme dans son être, mais la révélation s'est produite un jour dans le magasin de Mr. Héron. Vous savez, ce présentoir à journaux si pratique, que l'on peut faire tourner pour découvrir au choix les titres du *Brambly Town's Tribune*, ceux de *L'Écho des terriers*, de *L'Éveil des forêts*, du *Courrier des buissons* ? Mr. Mouse se demandait toujours pourquoi ce tourniquet lui donnait une sensation désagréable d'agacement, de fatigue nerveuse. Mais, ce mercredi-là, la lumière s'est faite dans son esprit. Quel besoin Mr. Peacock avait-il de rester planté devant la « une » du *Brambly*, alors que trois souris, dont Jeremy, patientaient déjà en lui écrasant sournoisement la queue pour manifester leur impatience ? Mr. Peacock, *de bonne foi*, avait envie de contempler les titres, au lieu de prendre le journal et de les découvrir dans la rue. Bien sûr il était *de bonne foi.* Mais bien sûr aussi cette envie ne s'était insinuée en lui qu'avec le sentiment informulé de contrarier les autres souris.

Quelques secondes après, Jeremy vérifiait sur lui-même cette perverse propension. Lui qui ne s'intéresse jamais aux scandales généreusement exhibés par *L'Écho des terriers*, quelle force le poussait à en lire l'énoncé à l'instant précis, où, derrière lui, Mrs. Crabtree était sur le point de saisir son numéro — chacun sait que cette ragoteuse trouve sa pâture hebdomadaire dans cet immonde torchon ?

Mr. Héron ne saura jamais l'événement intellectuel qui eut lieu à la seconde dans son magasin. Mr. Mouse venait tout simplement de découvrir les fondements de la nature souricière. Ce qui motive la souris n'est pas exactement le mimétisme : c'est le désir soudain de contrarier le désir du congénère en le devançant. Ce n'est qu'une théorie, me direz-vous, et Mr. Mouse en l'émettant ne fait que retomber dans son péché mignon. L'ennui, c'est que Jeremy a eu, depuis, tout loisir de confirmer le bien-fondé de cette théorie-là. Quand vous êtes chez Mrs. Hamper, et qu'une souris s'intéresse au céleri en branche, pourquoi un élan soudain vous donne-t-il envie de vous passionner pour ce respectable légume, vous qui détestez le céleri en branche ? Lorsque vous avez installé votre petit parasol sur la plage de la Mare-aux-saules, au plus chaud de juillet, pourquoi Mr. Bigger, à qui vous ne parlez plus depuis trois mois, éprouve-t-il un désir irrépressible de planter son propre piquet au ras de vos moustaches ? Et pourquoi, quand vous aviez découvert le plus juteux, le plus opulent des buissons de mûres, oui, pourquoi l'abandonnez-vous pour cette étique touffe de branches racornies qui ne possède qu'un attrait : Mr. Burberry's vient d'y entamer sa propre cueillette ?

Infortunées souris, livrées à vos tristes penchants ! Même vos efforts de charité — si si, Jeremy Mouse a invité Mrs. Hamper à partager son gâteau d'anniversaire — oui, même vos efforts de charité sont dérisoires, tant ils vont contre-nature !

Il est de la plus haute importance d'avoir conscience de cette déplorable disposition : voilà la morale de Jeremy Mouse. Si vous lui demandez l'utilité de cette clairvoyance, il vous répondra que c'est une bonne question. Mr. Mouse vient de faire un émule. Ne vous sentez-vous pas un peu sceptique ?

XXVII

Où l'on voit bien que notre héros voudrait fuir le jugement des autres au moment de l'aborder.

Mr. Mouse commence à songer à l'organisation de son livre. Il a toutes sortes de petits bouts, écrits au fil de la plume, au bonheur des jours. Sous quel dénominateur commun les rassembler d'abord, les diviser ensuite ? Une chose est sûre : les sentiments anti-félins de Jeremy lui interdisent d'utiliser le terme de chapitre. Celui de souripitre l'a séduit un instant, mais son suffixe n'est pas de nature à honorer la corporation. Et puis ce livre-là n'est pas un roman. Alors ? *Les Chroniques du terrier* ? Pas mal, mais le « ique » irritait le gosier de Jeremy. « Réflexions » faisait trop sérieux, trop clinique. « Climats » ou « atmosphères » avaient l'avantage d'illustrer l'aspect un peu impressionniste des pages écrites par Mr. Mouse, mais ces deux termes ignoraient la dimension philosophique incontestable de l'ouvrage. Emily tenait pour « bavardages », un mot léger, sans prétention, qui pourrait intriguer, séduire. Mais l'opposition de Jeremy fut catégorique :

— Vous savez, Emily, nous vivons une époque bien superficielle. Si je me colle une étiquette restrictive sur le poil, on me la laissera sans chercher plus loin.

— Peut-être, a répondu Emily, mais vous risquez d'irriter bien davantage en vous présentant avec trop d'emphase.

— Ce que vous écrivez, ce sont de petites séquences ? a demandé un jour Mrs Burberry's.

« Séquences » : voilà un terme qui eût donné une certaine modernité aux gribouillages de Mr. Mouse. Mais non, vraiment, la modernité... Ce n'est déjà pas mal d'avoir à supporter le présent, inutile de l'encourager !

— Eh bien, tant pis, ce seront mes pensées ! a fini par décréter Jeremy. Ça ne veut pas dire grand-chose, mais il faudra ouvrir le livre pour en savoir plus. C'est quand même extraordinaire ! a-t-il poursuivi en s'échauffant sensiblement. On met toute sa vie dans un livre, et il faudrait être jugé seulement sur la couverture. Si j'ai un jour la chance d'être reconnu — ah ! oui, les rêves de Jeremy Mouse sont restés d'une candeur assez enfantine[1] — si j'atteins

1. Note de l'auteur.

vraiment un jour ce qu'il est convenu d'appeler la gloire littéraire, mes livres n'auront pas de couverture !

XXVIII

Où s'approche confusément puis s'éloigne bientôt la perspective d'une canonisation de Jeremy Mouse.

« Fumer presque pas, c'est fumer comme il se doit. » Sans doute fûtes-vous sensible à ce délicat paradoxe, où le pragmatisme de Mr. Mouse aborda les confins de la sagesse absolue. Si la philosophie de Jeremy vous parut en ce domaine quelque peu fumeuse, sachez que vous n'êtes pas au bout de votre peine. Enivré par cette accession à une vérité presque palpable — quoique dévolue à des volutes évanescentes —, Mr. Mouse a voulu étendre le champ de sa découverte à tous les domaines où son plaisir courait de grands risques, en s'approchant de la satiété.

Au coin du feu, le soir, quand depuis longtemps les souriceaux s'étaient endormis sous leur couette, il aimait bien déguster un verre de liqueur d'airelle, juste avant de se coucher. Mais c'était presque tous les soirs, alors Jeremy Mouse a senti le danger. Il a voulu d'abord donner à la liqueur d'airelle un ton dominical. À boire seulement le dimanche soir, il rehaussait d'un estimable prix la saveur du mot dimanche. Mais ce rythme hebdomadaire lui parut vite trop facile. Deux fois par mois, la liqueur d'airelle est bien meilleure encore, alors il but deux fois par mois.

Mr. Mouse avait installé à hauteur de patte, à côté de ses meilleurs bouquins, un petit « placard du péché » où dormaient ses cigares, ses pipes, ses alcools. La porte minuscule en émettait un grincement particulier qui faisait partie du terrier. Le croiriez-vous ? Il se passa des mois sans que le grincement ne vienne conforter la paix du soir. Attention ! N'allez pas en conclure que la liqueur d'airelle ou de prunelle eussent quitté l'esprit de Jeremy Mouse. Jamais il n'y pensa autant, jamais il n'en sentit si fort les effluves sucrés, le vertige enivrant. Peut-être trouvez-vous que cette perversion d'épicurisme touche à l'avarice ? Ce n'est pas Emily qui vous contredira. Elle hocha le museau d'un air dubitatif quand Jeremy lui expliqua que leurs câlins du soir allaient gagner infiniment à s'espacer de mois en mois.

Mais Emily ne sut pas tout. L'aventure intérieure de Jeremy faillit en effet très mal se terminer. Ne fut-il pas tout simplement tenté par la sainteté ? Oui oui, vous avez entendu. À supprimer tous les plaisirs, Mr. Mouse se dit qu'il atteindrait le plaisir absolu, la délicieuse soif d'une neige impossible.

Vous le sentez déjà, la spiritualité de Jeremy était bâtie sur des principes assez fragiles. Un jour, il s'affola en se disant qu'il n'avait plus de goût à rien, plus de désir, plus de mérite, et plus d'attente dans son désert sec. Il se versa un grand verre de liqueur d'airelle, éprouva un bonheur qui tenait davantage à la reprise du rite qu'à l'exaspération de l'attente, et ne sentit qu'une honte légère en croisant dans le regard d'Emily une petite lumière de gaieté moqueuse.

Depuis, le grincement du placard du péché fait de nouveau partie des rites du terrier. Pour le plaisir, la satiété, Mr. Mouse laisse la soif le commander. De la sagesse pure à ses confins, il y a tout un glacier. Les pattes de souris ne sont pas préparées pour le voyage.

DU MÊME AUTEUR

Aux Éditions Gallimard

LA PREMIÈRE GORGÉE DE BIÈRE ET AUTRES PLAISIRS MINUSCULES, prix Grandgousier 1997 (collection L'Arpenteur)

LA SIESTE ASSASSINÉE (collection L'Arpenteur)

Gallimard Jeunesse

ELLE S'APPELAIT MARINE (Folio junior, n° 901. Illustrations in-texte par Martine Delerm. Couverture illustrée par Georges Lemoine)

Aux Éditions du Mercure de France

IL AVAIT PLU TOUT LE DIMANCHE (Folio n° 3309)

Aux Éditions du Rocher

LA CINQUIÈME SAISON
UN ÉTÉ POUR MÉMOIRE

LE BONHEUR. TABLEAUX ET BAVARDAGES
LE BUVEUR DE TEMPS

LE MIROIR DE MA MÈRE (en collaboration avec Marthe Delerm)

AUTUMN, prix Alain-Fournier 1990, (Folio, n° 3166)

LES AMOUREUX DE L'HÔTEL DE VILLE

MISTER MOUSE OU LA MÉTAPHYSIQUE DU TERRIER (Folio n° 3470)

L'ENVOL

SUNDBORN OU LES JOURS DE LUMIÈRE, prix des Libraires 1997 et prix national des Bibliothécaires 1997 (Folio n° 3041)

PANIER DE FRUITS

LE PORTIQUE

Aux Éditions Milan

C'EST BIEN

EN PLEINE LUCARNE

C'EST TOUJOURS BIEN

Aux Éditions Stock

LES CHEMINS NOUS INVENTENT

Aux Éditions Champ Vallon

ROUEN (Collection « Des villes »)

Aux Éditions Magnard Jeunesse

SORTILÈGE AU MUSÉUM

LA MALÉDICTION DES RUINES

Aux Éditions Flohic

INTÉRIEUR (Hammerskøi) (dans la collection Musées secrets)

Composition Nord Compo.
Achevé d'imprimer par la
Société Nouvelle Firmin-Didot
à Mesnil-sur-l'Estrée, le 17 janvier 2001.
Dépôt légal : janvier 2001.
Numéro d'imprimeur : 54266.

ISBN 2-07-041654-2/Imprimé en France.

97866